家山杨梅红了

——赵乐强诗词选

赵乐强 著

Jiashan yangmei hong le
Zhao leqiang shicixuan

浓情几许？

梦里佳人娇欲语。

依绿还红，

占尽风流五月中

田歌艳俗，

《对鸟》翻成天上曲

岁月无闲，

回首家山点点丹

线装书局

图书在版编目（CIP）数据

家山杨梅红了：赵乐强诗词选 / 赵乐强著. -- 北京：线装书局，2016.1
ISBN 978-7-5120-2176-1

Ⅰ．①家… Ⅱ．①赵… Ⅲ．①诗词－作品集－中国－当代 Ⅳ．① I227

中国版本图书馆 CIP 数据核字（2016）第 024434 号

家山杨梅红了——赵乐强诗词选

作　　者：赵乐强
责任编辑：李　旻
装帧设计：黄云磊　陈孝程
出版发行：线装书局
　　　　　地　址：北京市西城区鼓楼西大街 41 号（100009）
　　　　　电　话：010-64045283（发行部）64045583（总编室）
　　　　　网　址：www.xzhbc.com
经　　销：新华书店
印　　制：温州北大方印务有限公司
开　　本：787mm×1092mm　1/16
印　　张：10.75
字　　数：61 千字
版　　次：2016 年 1 月第 1 版第 1 次印刷
印　　数：0001—2000

定　　价：38.00 元

序

钱志熙

　　收到了赵乐强先生的诗词稿，眼前浮现出他的形象，很自然地想起唐人李嘉佑的那首诗："傲吏身闲笑五侯，清江取竹起高楼。南风不用蒲葵扇，纱帽闲眠对海鸥。"觉得诗中写的形象，与赵先生有点神似，虽然我知道他并不闲，并且在公务之外，常常忙着好多人觉得是闲事的事。但一个人的闲不闲，我看主要还在于神，而不在于形。那些你看他整天忙忙碌碌，一副三顾家门而不入的样子的人，其实多半是心忙，而非事忙。心如果不忙，事再多大概也是能闲的。我和赵先生接触虽然不太多，但觉得他应该是一个事忙而心能闲的人。如果不是这样，他也不会写出那么多的好诗了。

　　赵先生诗歌的第一好处是见性情，有思想。我觉得诗这个东西，性情是最重要的，要真！其次要有些趣味，有点灵感！有了这些，就算工夫不及古人，不能名章隽句，络绎而出，也还是有

5

可读性的。赵先生的诗是见性情的，同时又常有风趣，尤其可贵的是具有思想，并且能够用比较生动的形象将之包含于内。其中有不少写得很清新流丽。如词题被用作书名的那首《减字木兰花·家山杨梅红了》：

　　浓情几许，梦里佳人娇欲语。依绿还红，占尽风流五月中。田歌碧玉，《对鸟》翩翩天上曲。大道无闲，回首家山点点丹。

　　《减兰》这个词牌，我也很喜欢，要写出一种抑扬尽致，开合自如的感觉，仄平转韵之际，声情与词意要有一种天然凑泊的趣味。今人中用这个词牌用得最娴熟入神的，应该是天风阁词人了。赵先生这一首，我敢肯定也是此调的佳作。

　　在体裁的运用上，他尤其擅长五、七言绝句。五绝如：

　　闲坐青林下，日光照午前。珠玑天上落，入水一池烟。（《大龙湫》）

檐头两只鸟，叽叽鸣清晓。推窗欲近看，卜卜飞走了。（《清晓》）

　　小村寒未醒，残叶旧茅亭。昨夜惊霜白，林深嫩笋青。（《山老区扶贫口号》）

　　吊脚楼头雨，频频传烟语。一船载诗来，惊看摇桨女。（《旅次湘西》其二）

　　青苍万仞山，未见雁儿还。难得离天近，卧云半日闲。（《早春雁湖岗》）

　　清风轻拭面，细雨满行鞍。敢踏飞龙背，翻怜胆气寒。（《登龙湫背》）

　　凡是学过写诗的人都知道，五绝这个玩艺儿，虽短却最难写。其中原因究竟是什么？也难说清楚，大概与五绝发生的时代早有关系。中国的诗体，越发生早，越不易写。比如对于今人来说，古体就比近体更难写。乐强先生这几首五绝，做到了虽小亦好，读起来很有韵味，而且有新的探索，如《清晓》一首的最后一句，就用日常语言。但是这个日常语是审美性的。人们的好多日常语言，都是功用性，但也一些是审美性的。原因很简单，人们在生活中不仅打理衣食住行这些纯粹的生活，同时也在审美。难得的是在生活的同时进行审美。"卜卜飞走了"，当然是审美了！审美没有现实的功利目的，是人性的自然流露。我们平时如果将这些没有现实功利目的日常审美体验摄进诗里，就有可能写出真的诗、美的诗来。又如《山老区扶贫口号》这一首，不仅写景入神，而且寄托一种亲爱老区人民情怀，却不露痕迹。其他如《旅次湘西》一首，境界也是浓丽中见清新的。

他七绝体的好处，也都是以清新有韵味见长：

石门壁立水清华，十八滩前品午茶。山鸟呼来风阵阵，荆梨如雪又如瓜。（《访刘妙顺先生于大荆》）

玉甑峰高云脚青，临湖玉树盖如亭。波光缓缓斜阳里，我共家山入画屏。（《钟前水库散步》）

小松林外老寒风，铁血当年篝火红。第聂伯河流日夜，弥天飞雪吊英雄。（《奥斯特洛夫斯基故居》）

最后一首写域外吊古，有一种新的境界，相信懂诗的读者一看就会喜欢的。

作者是一名公仆，过去叫良吏，所以自然会有一些与国计民生相关的吟咏，但看得出来，他不是写遵命文学，是写为己的文学，或者说为民的文学，所以没有沾染时下那种空洞、叫喊的风气，而是写得平实而深沉。如《抗台》、《楠溪江引水工程工地留诗》等作都是这样。其中《抗台》的第三首：

在城不识浪涛声，日出云开海水平。劫后与君同戮力，一痕禹迹总牵情！

不仅有情意，也富有诗意。此诗即在修辞造句来看，也是比较凝劲的，尤其是"一痕禹迹"四字最有味。赵先生近来又担任乐清市"五水共治"

的总督察长，负责全市的治水工作，这也是凭大禹精神来做事的。诗集中最后一首《治水周年小记》的古体绝句："朝巡玉溪河，夕访埭川下。朝夕不能忘，碧水重泱泱"就是他的心声抒写。元旦回乡，见河水与往年已大不一样，我相信东瓯山水定能重现清辉！

本集的数量虽不算多，但是涉及的社会面是相当广。不少作品对历史与现实都有很深的关注，如《划水脚者》这一首七律，颇有揭示历史遗存信息的价值：

瓯江只桨独行舟，前劈后当豹子头。矫若游龙穿绝谷，巧如轻燕戏中流。星寒月夜三更浪，水冷江天一抹秋。古屿钟声空寂里，轻帆掠过小蒲洲。

此诗纯用白描笔法，最后一句能见神韵。

乐强先生的诗，爱写生活中的感受，能够超越于一时一刻的现实羁绊，换一种眼光来看这个世界，甚至换一种眼光来看自己的当下。比如集子里的《在北京做肝囊肿穿刺手术口占》就是这样：

人脱寒衣树未丫，京城不寐夜吹沙。姑娘最美灯无影，四日清明可到家。

这首诗初看平淡，但仔细吟哦，是很有滋味的。妙在其中有一种只可意会，不可言传的美感。人们多有这样的生活体验，但却不一定都能写出诗来。关键的还是能够暂时从现实中超脱出来。超脱现实不是逃避现实，而是为了对现实进行审美，从而更好把握现实。诗是无穷地生发着的，诗的功用也是无穷地发挥着的。天意君须会，人间要好诗！人间要好诗，是说虽然自古以来已有好诗，但当下的人间，仍要不断地产生好诗。诗之于人生与社会之补益，可谓大矣！岂可因他不具有现实的功利作用而轻视它。

东坡有诗云："父老争看乌角巾，应缘曾现宰官身"，赵乐强也是一个现"宰官身"的诗人。

吾乡赵氏，为南渡皇室后裔，向为邑中的望族，文采风流，千年不绝！乐强先生在行政之余，吟诗挥毫，他为人沉着机智而又性情爽朗，诗书也多能见性情。他是一个社会关怀情绪很深的人。前几年，他将乐清的企业家与诗人、书画家等文化界的人士组织起来，成立了一个三禾文化俱乐部，推动了家乡的文化事业。他和那些把搞文化当成政绩的官员不一样，是真正热爱文化事业，并且怀着浓重的爱乡爱土之心来做这些事的。他在这方面还形成自己的一些思想，有的听来很能启发人。比如他常跟企业家们讲，富与贵不同，富了还要贵了，才是完整的人生。而什么叫贵呢？乐强先生很直捷地说，贵就是有文化！什么是有文化呢？要读书，但光能读书不等于就有文化，要明理知礼才是有文化。都不知道怎么做人，光有钱能算贵吗？同样，不明理知礼，面目上纵是个读书人，也不能叫真的有文化，也还是不贵。

他的这些观点，我是十分同意的。最近一两年中，我们又在一起筹划了"夏承焘研究会诗词创作研修班"，陆续邀请高校与诗词界的名家们来乐清讲学，来推动乐清的诗词事业。初步的效果是很好的。两雁之间，双塔之下，一时间诗声朗朗，此起彼伏。乐强先生所说的"子晋吹箫地，重闻嗣响来"，相信会成为现实。我们并不是说一个人必要会写诗词才行，一个地方必要有一大批诗人才行，而是感到作为中华文化精华的诗词艺术，能给一个人带来一种芬芳的气韵，同样也能给一个地方带来一缕清风。我们都期望能够通过自己一些努力，将家乡的文化氛围弄得浓一点，将家乡的人文土壤培植得厚一点。

我和乐强先生虽然相识较晚，但通过最近几年的交往，了解逐渐加深，友谊也在不断地生长着。零九年家父去世，他带着三禾同仁殷勤慰问，还赠了挽联。联句云："老丈以庄稼人诞育机云，福田早种；嗣君为名教授蜚声中外，乐邑增辉。"其中推许之意，我不敢当，但是修辞属对的确可称工妙！其书法也很有特点，整整斜斜，结体用笔，颇具机趣！不说有多深的工夫，但有个性，看了以后能给人留下印象！2010年的清秋，我回家乡参加"第二十四届中华诗词年会暨夏承焘吴鹭山学术讨论会"，并且有幸见证家乡被授予"中华诗词之乡"的隆重典礼。乐强先生是上述两项活动乐清方面的主要推动人与主持者，他的心情自然是很兴奋的。会上，他惠赠了大作，题为《乐清荣获"中华诗词之乡"称号，赠志熙先生》，诗云：

乡情酒一杯，春雨踏青回。子晋吹箫地，重闻嗣响来。

这首诗风格很自然，不仅意境好，声律也和谐清朗。我在感谢之余，更佩服他的诗情。前年他在欧洲访问时，记挂着我，给我发了一个短信，我深受感动，写了一首《家乡谈诗归后有怀乐强先生》：

　　京邑衔杯几度同，故园相见每雍容。论诗我重贤人志，忧世君多国士风。上苑愿看成蕙圃，河阳今喜见花封。山川旧是吹箫地，应教清音绕碧峰。

　　熟悉的朋友都知道，我是很少写诗应酬的。但这首诗自己觉得是真情感发的，这里面叙述了我们之间友谊，也表达我们共同的期待！

　　我客居京华，讲学有年，有时也特别怀念家乡的山水与朋友，何时有暇，在龙湫雁荡之际，步瘤禅、鹫山之游踪，与乐强这样的诗友吟咏游览，一畅素襟，也不枉为子晋吹箫旧江山中的人物了。在此也深望乐强先生在政务之暇，创作出更多的好诗词，以为名山生色！

辛卯孟冬序于燕园

目　录

写给在抗"非典"一线的朋友①

冷春寒刺骨，

草木失芳妍。

翅膀还无影，

风声总在前。

讴心同赤子，

沥血对苍天。

可告乡亲者，

今宵月转圆。

【注】

① 2003 年四月份，北京等地出现"非典"疫情。乐清在京经
商的人数众多，期间不少人举家返乡，本地气氛骤然紧张。
谈典色变，如临大敌；流言四起，人人自危。作者时任乐清
市抗"非典"常务副总指挥。此诗写在宣告抗"非典"胜利
结束当日。

浪淘沙·禁毒①

小脸带青灰，
双目发呆，
可怜上瘾便成灾。
泪湿箫台频太息②，
人鬼同哀。

霹雳借风雷，
铁腕张开，
祈能父母不伤悲。
大爱如斯分皂白，
岂忍徘徊。

【注】

① 新世纪以降，乐清吸毒人数猛增，旋为社会公害。2003 年 6
月乐清市成立禁毒专项斗争指挥部，由作者兼任总指挥。

② 箫台，乐清标志性的地名。

抗　台①

一

险警频传竟夜忧，
狂风苦雨劫难收。
平明逐户殷殷问，
一瓣心香许作舟。

二

风雨行人古道边，
溪桥浊浪阻川前。
一箬何畏齐腰水，
此去伤心为种田。

【注】

① 2005 年 7 月 17 日晚至 20 日晚，受"海棠"台风影响，乐
清持续狂风暴雨，全市大面积漫水，为百年一遇。是夜作者
下乡在四都乡政府，窗外狂风呼啸，大雨磅礴，室内滴水叮
咚。隔壁学校里住满了从山村转移下来的群众，灯影里人头
攒动。次日据报全市多处桥梁垮塌，道路阻断，柳市平原、
乐虹平原皆一片泽国。

三

三朝终息浪涛声，
日出云开海水平。
劫后与君同戮力，
一痕禹迹总牵情。

早春二月，汪庄小住，寄友人

偷得湖边几日闲，
开窗便可见孤山。
晨光细雾读书去，
灯影疏云步月还。
素食三餐偶进酒，
离骚百解夜吟兰。
遥怜当日人将去，
应有湖殇伴泪潸。

雁荡山中^①

山水随心伴我游，

依然还爱上层楼。

奇峰百二常来客，

绝壁三千偶发愁。

北斗参经初悟道，

林兰报瑞固知秋^②。

桃花才落梨花白，

春到风柔梦也柔。

【注】

① 雁荡山在乐清市境内。素以"海上名山"、"寰中绝胜"著称，山水奇秀，大小峰达120座之多。1982年被列入全国首批重点风景名胜区，2004年获"国家地质公园"和"世界地质公园"称号。

② 北斗洞是雁荡山最大的道观。林兰，石斛的别称，为雁荡山的珍贵特产之一。生长于半阴湿的崖壁上，唐《道藏》称之为"中华九大仙草之首"。

雁湖岗观日出①

霞披万仞山，
未见雁儿还。
难得离天近，
卧云半日闲。

【注】

① 雁湖岗为雁荡山四大尖之一，海拔 396 米。明徐霞客曾记：
"洼中积水成芜，青草弥望"。

登龙湫背

清风轻拭面，
细雨满行鞍。
敢踏飞龙背，
翻怜胆气寒。

减字木兰花·家山杨梅红了

浓情几许，

梦里佳人娇欲语。

依绿还红，

占尽风流五月中。

田歌艳俗，

对鸟翻成天上曲①。

大道无闲，

回首家山点点丹。

【注】

① 《对鸟》是一首脍炙人口的乐清民歌，1989 年 11 月，被联
合国教科文组织亚洲文化中心选为《亚洲太平洋地区民歌》
之一。歌词如下：

吤嗨飞过青又青？吤嗨飞过打铜铃？吤嗨飞过红夹绿？吤嗨
飞过抹把胭脂搭嘴唇？

青翠飞过青又青，白鸽飞过打铜铃。

雉鸡飞过红夹绿，长尾巴丁飞过抹把胭脂搭嘴唇。

念奴娇·乐清中学六十五周年校庆①

衣香人影，

丹枫叶、好个清秋欢乐。

曾卧荷池花对月，

四壁金刚古鹤。

初读红楼，

旋惊白卷，

回首知谁错。

青春不怨，

潮头时涨时落。

卅载逝水匆匆，

纵炎凉看透，

乡情难薄。

【注】

① 乐清中学创办于1939年，2003年迁新校址。

子晋江山，

新气象，

王子重来应愕②。

人物风流，

望银河欲坠，

耀魁星阁。

丹霞山下，

育英才气磅礴。

【注】

② 明永乐《乐清县志》："周灵王子名晋，世传来游邑西山上，
吹箫于山顶，沐箫于泉。"清嘉庆《乐清县志》："乐清，
盖以王子晋吹箫名也。"又据"吹箫绍九成，凤凰来仪"，
名县为乐成，至五代后梁开平二年（908），改"成"为"清"。
"乐"读yùe。

湘西游六首

凤凰城

夜抵边城晚，
凤凰入梦生，
云烟分黑白，
水墨且随行。

沱江小记

吊脚楼头雨，
频频传烟语。
一船载诗来，
惊看摇桨女。

再题沱江

长街观景小街吟，
时已三更梦未深。
明日沱江赊一用，
无尘水洗有尘心。

吊脚楼夜坐

夜雾江声吊脚楼，
衔杯无语动乡愁。
飞回思绪三千里，
洗净河床任客游。

游天子山赠山子①

雁荡家山旧版图，
张良事业总难如②。
风惊彩蝶花间乱，
水做金鞭世上殊。
悟破浮云归散淡，
笑言入寨近虚无。
千峰壁立真伟大，
试问初心尚有不？

【注】
① 山子乃张国谦先生笔名，张曾主政雁荡山。
② 张良（？—前186），西汉杰出的军事谋略家。据传张良墓
　地在张家界的青岩山。

乘百龙天梯咏朱五风

江河横过三千六，
何物偏能将我诳？
忽地腾空神刮雾，
惊雷脱马脚筛糠。
千寻峭壁千寻惧，
一寸光阴一寸惶。
冲出舱门斜眼笑，
临风玉立又朱郎。

钟前水库散步

玉甑峰高云脚青，
临湖玉树盖如亭。
波光缓缓斜阳里，
我共青山入画屏。

题七里港翁卷纪念馆落成①

文曲天星光射斗，
芙蓉江水入云烟②。
新临好雨当时节，
对坐春池诵旧笺。
绝唱乡村之四月，
翁卷名气已千年。
古来七里斯文地，
才了蚕桑又插田③。

【注】

① 翁卷（生卒年不详），宋乐清人，"永嘉四灵"之一。

② 七里港前有瓯江经过，称慎江，古又称芙蓉江。

③ 翁卷句。

巷花開聖巷

一道一遊妙業光

圖書擁千卷 花同聚一遮

竹荣院

楠溪江引水工地留诗

一

白云深处芙蓉水，
直上青天不染尘。
明日奔腾山外去，
且行且恋入新邻。

二

一夜滩声同梦眠，
水寒古宅冷云烟。
清风不瘦楠溪月，
长伴春歌唱万年。

三

横江一锁出平湖，
造化从来道不孤。
喜见东流春浩荡，
峰峦十万入新图。

鹊桥仙·题黄檀硐①

旧墙旧瓦，
千年村落，
前世今生相续。
小溪翻卷作游龙，
化飞瀑、穿山越岳。

暗香驿动，
烟云松鹤，
浮出葱茏一角。
惊呼罗汉盖如车，
历百劫、依然碧绿。

【注】
① 黄檀硐在乐清城北灵山，2007年入选首批"中国景观古村落"。

卜算子·送惠儿之澳洲留学

举一叶云帆，
远向天涯去。
昨日肩头小辫丫，
转眼留洋女。

到处是阳光，
一抹心中住。
挡得离家夜半寒，
照暖相思絮。

甘肃宁夏游四首

上六盘山

六盘闻鼙鼓，
阵阵天风舞。
无处不红旗，
山山过队伍。

过平凉

十月西行去，
一枝苹果红。
衣香千里远，
人影总匆匆。

西夏王陵

贺兰山险隔黄沙，
痛史分明血结痂。
半月屠城胡马烈，
芦花还是旧芦花。

上崆峒山，未及顶

峰头云白老林深，
隐者非凡天上人。
我也倚松山半坐，
轩辕曾此听瑶琴。

楼兄登山戏赋

水阻山惊步怯前，
攀藤悬索汗珠溅。
流云路转烟飞散，
断壁峰回日落圆。
扶手抓牢松不得，
下盘抖动止难焉。
偏能兴起谈穿越，
康乐曾行五色田①。

【注】

① 史载晋谢灵运，字康乐，人称中国山水诗鼻祖，任永嘉太守
期间，曾到白石山视察农事，旧称行田。

游学太湖大学堂^①

长烟空阔太湖春，

读罢中庸读里仁。

芍药亭边莺尚懒，

垂杨堤上草初薰。

清风相伴三禾梦，

金臂遥伸万丈尘^②。

槛外扁舟何处岸，

该来或去总成因。

【注】

① 太湖大学堂在江苏吴江庙港镇，为南怀瑾先生晚年讲学修道和生活的地方。

② "三禾"全称"三禾文化俱乐部"，为乐清的文化社团，倡导"由富而贵，以文化之"的理念，南怀瑾先生嘉许不已，寄情尤重。病中为之题"三禾读书"四字，竟成绝笔。

"金臂遥伸万丈尘"，为南师"己丑中秋前九日送朱文光赴美留学"句。

《西乡旧事》编讫付梓

泽国洪荒几渡头，
傍村古垒散如舟。
青山绿水良心泪，
只问闲情不问秋。

乐清荣获
"中华诗词之乡"称号，赠志熙先生①

乡情酒一杯，

春雨踏青回。

子晋吹箫地②，

重闻嗣响来。

【注】

① 钱志熙，乐清白石人，北大教授，博士生导师。

② 见第 33 页注。

清　晓

檐头两只鸟，
叽叽鸣清晓。
推窗欲近看，
卜卜飞走了。

雁荡山中小住，
席间话题多及《雁荡山笔记》，
是晚酩酊，次晨赋此，寄宗斌先生

雁山因雁亦因湖，

能忆沉钟壮美不？

海上名山生故事，

芙川高手入新书。

谁描茶女遮不断，

天弃兰成有若无。

重版君应添一记，

灵峰磅礴醉淳于。

题大龙湫①

一

闲坐青林下，
日光照午前。
珠玑天上落，
入水一池烟。

二

万丈云裹烟，
三分疏落雨。
一枝雁荡兰，
久已崖头住。

【注】

① 大龙湫又名雁荡大龙湫瀑布，其落差为190余米。位于雁荡山中部偏西，旧称"西内谷"。它与贵州黄果树瀑布、黄河壶口瀑布、黑龙江吊水楼瀑布并称中国四大瀑布。

三

敢入神仙界，
恍如太古回。
横空开气象，
天半逐春雷。

访雁荡真际寺遗址

雨打灵峰道，
云深北斗寒。
沿溪听碧水，
入谷访林兰①。
因有青山素，
才教晓露甘。
浮尘难至此，
或可一时安。

【注】
① 北斗、林兰见第 28 页"雁荡山中"注。

与房宁等燕山徒步①

日踏燕山三十里，
绽开脚板小红薇。
秋林有约真如染，
流水无偏曲尚奇。
黄草梁深空谷静，
韩家院小美人归②。
由谁去写郊游乐，
脚力称雄不让疑。

【注】

① 房宁，中国社科院政治学所所长。

② 黄草梁位于北京门头沟斋堂镇北，被誉为古道明珠。爨底下村全村皆姓韩，是国家级景区，有70多座清后期和民国时期的四合院、三合院。

夜游玉甑峰

月寒半岭夜霜浓，
步步清辉上甑峰。
玉屑泉边留恋久，
风过偶尔一叮咚。

西藏游记三首

一

神水神山近白云，
高天望断雪森森。
经幡动处心旌动，
知是禅思掩酒痕。

二

圣域梵宫五彩云，
天香花雨入黄昏。
人如到此还无畏，
世上难能有恶魂。

三

红衣一袭踏云来，
冰雪莲花为我开。
枯坐闲听方外语，
清香如诉叩灵台。

夜游宫·哭汶川

五月西川地裂，

说不完、伤心愁绝。

泪血护儿恸天阙①。

世间情，

唯此种，

最悲切。

补得金瓯缺，

愿更多、慈母情结。

祈望莲花开似雪。

国有难，

爱能抚，

苍生劫。

【注】

① 2008 年 5 月，汶川大地震。一位年轻的母亲舍身救女，单薄
的身躯撑起了如山般厚重高大的母爱，读来令人心酸却也悲
壮万分。

黄良村遇张腊娇①

香樟篱落隔园庭，
山里如今也捧星。
当日怀仁堂上客，
铅华洗尽仍娉婷。

【注】

① 张腊娇，国家一级演员，越剧名家，二十世纪八十年代曾进
中南海演出。

老家杂咏五首

古运河宋塘遗址①

史上果河清，
宋塘当有名。
疏钟霜月夜，
凝望也关情。

刘公谷龙潭

龙潭一脉三千里，
因势而流方自由。
或化青云天上走，
马蹄落处是乡愁。

【注】

① 宋塘又称官塘，为南宋绍兴二年建造。时县令为刘默，刘默
字识道，山东沂州人，南宋绍兴二年为乐清县令，在任上修
成乐清县治至瑶头的海塘，后传其在湖横马鞍山修炼得道，
白日飞升，乡人为之立祠，刘公谷千年香火不绝。现宋塘多
塌陷，已沉入水底。

官山古寨②

悬岩巨石旧兵关，
残雪消融寒万般。
难断孤疑千古事，
冬阳一抹照空山。

家居半月赠村支书施献康兄

频说乡愁频举觞，
月明梅影寄情长。
因谁歌哭凭谁笑，
终是人亲土亦香。

【注】
② 官山古寨，在湖横后山，立寨年代不详，或兵关或匪巢未辨。
其地势险要，寨门寨墙尚存。

题村前龙舟赛

斗阵争锋战局开，
旗分五色气宏恢。
三通鼓罢惊天起，
击楫中流王者来。

老家旧忆三首

撒蛎灰①

一瓢一把一田匀，
撒去弥天五彩云。
时值秋风秋老虎，
人成白甲白门神。
凭谁笑我书生臭，
临水哈他老脸皴。
人静夜深床似火，
怕母心酸不敢呻。

【注】

① 骄阳似火，田水似沸。撒去蛎灰如雾，双目流泪，喉干舌燥。
此情此景成青年时期最坚固的记忆之一。

划水脚者②

瓯江只桨独行舟，

前劈后当豹子头。

矫若游龙穿绝谷，

巧如飞燕戏中流。

星寒月夜三更浪，

水冷江天一抹秋。

古屿钟声空寂里，

轻帆掠过小蒲洲。

【注】

② 儿时常听划水脚的堂伯讲瓯江上的故事。一条两头尖尖的青
田船，一篙一桨，往返于瓯头与温州之江面上，搏风斗浪，
艰辛备至。几十年后，斯人已逝，作此为念。

"文革"老校长

天寒地冻雪花飘，
破帽遮颜过小桥。
赤脚通红冰似钻，
死心坚硬骨能烧。
不知前世因何孽，
竟惹奇羞此等糟。
火起踢翻鹅滚蛋③，
被人举报斗折腰。

【注】

③ 老校长"文革"时被勒令放鹅，天寒地冻光脚行走在田间。
事后说当时死的心都有了，说自己不仅受人欺侮，就连鹅也
会欺侮他。

记白石橡胶加工厂火灾

死灭存亡谁主裁？
冤魂泣向望乡台。
腾空烈焰惊焦土，
蔽月浓烟遗粉灰。
死六民工真罪过，
拘三老板亦悲哀。
西山望去森林美，
却叹人心乱似柴。

旅美小记

一

满城灯海盛如花，
疑到天堂春老家。
冷月身边飞一夜，
惊讶落地极奢华。

二

一样鲜花一样红，
绿杨城郭正春风。
依窗坐饮星巴克，
别样心情看白宫。

三

云淡风轻过费城，
当年签约早心倾。
却如飞鸟巡三匝，
汽笛催人又远行。

四

自由神女当无恙，
只有海鸥飞上头。
火炬江天光万丈，
不平世界尚多愁。

五

山外青山楼外楼，
加州夜读水门偷①。
总统当惊知也晚，
狗盗鸡鸣旧王侯。

【注】

① 在美南加州读尼克松回忆录。其中关于尼克松总统因水门录
音偷听事件辞职下台一节，此时读来也有了"并不全是一个
遥远别人家里的故事"的感觉，对美国的宪法精神有了某种
新的认识。

题章纶公旧居^①

访大乡贤明史人，
清秋细雨道无尘。
天怜封杖牢愁客，
公固伟人尚吐芬。

【注】

① 章纶（1413-1483），乐清大荆南閤村人。明礼部侍郎，追
　封南京礼部尚书，赐谥"恭毅"。

采桑子·乙酉（2005）年初二拜会林曦明先生①

先生彩笔雄鸡出，
毛羽如绸。
春意如绸，
飞上东皋唱九州。

西山独秀青葱第，
德艺曦楼。
名噪曦楼，
生不用封万户侯。

【注】

① 林曦明先生，著名画家，永嘉乌牛西山人，斋号曦楼。

游中雁八折瀑

百丈悬关气贯天，
谁人到此不神仙？
横空八折青岑转，
流水千盘玉屑溅。
山里有诗犹有酒，
身边飞雾亦飞烟。
溪深尽处桃源地，
坐向柴门问种田。

闽西赣南行

长汀途中

好心情入旧行囊，
春步青云秋踏黄。
此去长汀离渐近，
分田分地说过江^①。

拜谒瞿秋白就义处

凭谁不识此君头，
自有风流不泪流。
信仰如斯人或惧，
寰球小小子之秋。

【注】
① 毛泽东诗："直下龙岩上杭，分田分地真忙。"

参观古田会议旧址

寻常川谷小村庄，
沧海横流才慨慷。
一夜新添双翅翼，
风云龙虎出平冈。

夜宿瑞金

星星之火致辉煌，
古木参天气莽苍。
今日瑞金城为客，
心清似雪月如霜。

登郁孤台

依稀梦里郁孤台，
决意登临无意哀。
谁尚凭栏抬望眼，
今人非是古人怀。

大寨游①

曾经红粉虎头骄，

我等迟来已寂寥。

北屋炊烟飘正午，

东墙旧照认前朝。

凭谁可做传奇梦，

有此何愁风雨交。

小木长成林茂密，

最欣眼在绿山腰。

【注】

① 大寨位于山西省昔阳县大寨乡，地处太行山麓。1964 年全国
掀起"农业学大寨"的高潮。当时全国几乎所有的地县乃至
公社一级的领导都去大寨"朝圣"过。一个小小的山村在中
国历史上留下了浓彩重墨。现在的大寨已成为一个优美的公
园式山村。

留诗红旗渠①

穿山越壑彩云移，
敢引天河下凤池。
望去渠通千里远，
立它太行作心碑。

【注】
① 红旗渠在河南林县（现林州市）太行山上，人称"人工天河"。

兰考参观焦裕禄纪念馆

黄沙波涌不弯腰，
你一镢头我一锹。
试问焦桐多大了，
行人回说比天高。

平遥喜雪与王春宣

旅次平遥，适逢天降大雪。朝出北门，千里银装。同行者多人称未见过如此壮观之雪景，欢呼雀跃，情同小儿。

大雪骤临宣了春，
围城我跑一千巡。
金鸡独立翻腾起，
顿降阿东胆固醇。

中秋遇雨寄中旦兄

丁亥中秋，"三禾"诗友们有约蟾河六洲月夜游宴，却逢雨丝横天。

水调起歌头，
朗吟过六洲。
虽无天上月，
别样雨中秋。
风动荷怜影，
云和夜散愁。
寻诗穷玉宇，
金曲出琼楼。

戊子（2008）年中秋，
中雁玉甑山庄雅集小记

八分既醉，

笔墨随之。

甑峰入赋，

月影为诗。

引伊泉井，

润我砚池。

望秋深处，

折桂一枝。

己丑清明怀先父

清辉月夜魂归去，
问暖嘘寒现是谁？
宁信天堂三尺远，
生离死别不心锥。

五更梦冷苦翻搓，
小院无言燕子过。
勒石从今名不易①，
乡居怕读六哀歌。

【注】

① 2008 年初冬，是夜月光如水，先父去世。为永志先父的精神
和业绩，将老家庭院名为"不易园"。

2009 年 9 月 21 日乐清动车开通

秋到江南沃野肥，
穿山越谷动车飞。
江花胜火须晴日，
帝子乘风下翠微。
终了通途圆梦美，
已因峭堑久暌违。
天涯海角如今近，
旦暮八方气象归。

台湾诗简

游阿里山

参参古木贵封皇，
直向云天占一方。
小火车才三五节，
雨中驶过却轩昂。

过苏花公路

花莲北上路千盘，
窗外云行人欲昏。
每到悬崖临海处，
风光旖旎却惊魂。

访胡适纪念馆

沐手焚香拜适之，
见伊壁上手书诗。
天心无计思流水，
却付甘泉入梦池。

阳明山拜谒于右任墓

踏破穷冬晓露风，
惊涛拍岸作晨钟。
高山一曲方吟罢，
海上云龙挂彩虹。

夜游鹿港镇

街尚明清久耳闻，
风姿绰约旧流芬。
霜寒月影旗亭暗，
路遇人多儒雅君。

题三义木雕艺术馆

满堂英木尽传神，
锲尔日新又日新。
吾乡也已传三代，
一木能教两地春。

访玉树藏区途经三江源，
与祥和、秀峰、绍旺、会仓、昌旺、
海平、学松、国良、晓炬、可孟、乐永等

三江秋色胜于春，

浅草高天云水淳。

已惯锦衣穿闹市，

偶来荒野作闲人。

千杯酒绿心难泰，

百日花红色易堙。

咫尺天堂伸可及，

载歌道上不言贫。

寄倪亚云先生①

一

先生八十号梅痴，
画得梅花无数枝。
一节清香应客问，
此花贵在雪飞时。

二

秋到箫台桂子香，
文昌对酒戏流觞。
月明今夜知无梦，
梅竹双清墨韵长②。

【注】

① 倪亚云先生，别署梅痴，号松雪老人，浙江乐清人，著名画家、
书法家，著有《倪亚云画集》。

② 2003年中秋，文昌阁笔会，倪老与其二公子朔野合作《梅
竹双清图》并嘱我题字。

三

谁教顽石作情囚，
与尔晨昏共白头③。
天地精华归袖底，
西山出手不能收。

【注】

③ 乐成西山有石，状如画台，倪老常在此写字作画，一时传为
乐清文坛佳话。

寄王思雨先生病中①

洋面平和万里宽，

盐盘近海湾复湾。

渔村纵有千帆梦，

画苑偏香三月兰。

一段忘年交到骨，

五车学识仰如山。

老梅不畏春寒劫，

再报风清岁月闲。

【注】

① 王思雨先生(1923—2010)，原名朝熙，乐清盐盆人，著名画家，
收藏家，浙江省文史馆馆员，著有《王思雨画集》。

周方德先生《破墨》出版，
其中展览馆一节让人感慨良多

欲来风雨满山楼，

展馆临时打酱油。

能混三餐同菜鸟，

不输半寸是疯牛。

但怜却步丹青梦，

始信遮颜破帽愁。

今日墨香春水皱，

抹平心曲壑和沟。

访刘妙顺先生于大荆

石门壁立水清华，
十八滩前品午茶。
山鸟呼来风阵阵，
荆梨如雪又如瓜。

观宣文先生画荷

画到秋深禅意长，
小荷尖尖老荷残。
不以寻常风物论，
换将春笔点朱丹。

与施中旦等登山无路戏赋

终因腿脚已平庸，
荒草齐腰叹路穷。
荆棘牵衣频解脱，
悬岩仰面枉葱茏。
真需绝世铁砂掌，
已尽平生吃奶功。
问计吁吁施老总，
却言知退也英雄。

题白石水库

湖面关关水鸟飞，
旧时故事渐稀微。
后生莫与瞿塘比，
血汗当年尽布衣。

致有韬兄

　　牛年除夕夜，有韬兄的贺岁诗像雪花片片飘来，夜不成眠，起而有答。

　　　　　　　韬哥牛尾虎头诗，
　　　　　　　除夕随风夜半驰。
　　　　　　　信是春光明日到，
　　　　　　　旧年不去不停卮。

鹧鸪天
读黄有韬先生《二黄散板集》戏题

环姐肥兮飞燕腰，

如花诗梦到唐朝。

长吟为继青莲后，

豪饮方成斫桂刀。

鸣蝈蝈，唤三毛①，

或歌或哭或狼嚎。

制成散板二黄调，

时不风骚不有韬。

【注】

① "鸣蝈蝈"、"唤三毛"分别取自黄诗"芳草连天鸣蝈蝈"、
"汝爱三毛我欲仙"句。

和有韬兄"野草"诗

一

根深依大地，
大地即亲娘。
霜雪由人怕，
天涯看我长。

二

小中识大道，
最敢报春早。
潇洒谁可如，
常枯偏不老。

题黄信侠先生木刻《姑嫂豆腐坊》

旋风千卷磨清宵，
黄豆半斤水一瓢。
怪底晶莹如白玉，
香脂细汗美人娇。

游灵山赠叶松开先生

五百其分两半开^①，
灵山遗老别怀才。
曙光亭筑云天近，
侠侣雕飞水谷来^②。
烟散无眠虚对菊，
泉清有梦好寻梅。
春入古道采茶地，
裁得新香带月回。

【注】

① 叶松开先生几十年为灵山开发不遗余力，贡献尤大，而有印一方曰：五百对半开。

② 曙光亭建在灵山主峰上，作者应邀为其撰写对联如下："离天弥近，出手可招日月；挂地尤深，立身还仗根基。"水飞谷曾为《神雕侠侣》电视剧拍摄的外景基地。

临江仙·贺尚文光先生画展

小即研朱戏墨，
秋来硕果高悬。
瓯江风雨雁山烟。
一一收笔底，
无地不飞泉。

万丈珠峰有顶，
文光尚照无边。
凤池玉藻旧花笺。
童心春不老，
十六月儿圆。

游飞泉寺赠刘顺平^①

一

谁识雁山烟雨老，
荒亭旧驿行人少。
寒川动墨破春冰^②，
一片飞泉青百草。

二

香火禅音应久违，
我来步乱鸟惊飞。
仰头有树高千尺，
抖落白云入翠微。

【注】

① 飞泉寺旧为雁荡十八古刹之一。南宋时迁今之戴辰峰上。现
已圮废，仅有遗址。

② 刘顺平字寒川。

三

人到中年喜问禅，
青山遍踏旧云烟。
行囊装取飞泉水，
赠与刘郎续墨缘。

夏承焘研讨会在雁荡召开，
和蔡厚示先生①

蔡公七度雁山来，

仙子香花列阵排。

岁月风和鼓浪屿，

诗情脉接郁孤台。

溪林踏马青苔湿，

石径飞泉古寺开。

皓首慈心真示厚，

宾王成败总因才。

【注】

① 蔡厚示先生系厦门大学教授，祖籍江西。原诗如下：七登雁荡拾诗来，玉岭金峰次第排。千树云飚赤旗舞，一溪波映古灵台。昔年仙跡欣重履，遍野鹃花竟盛开。何事宾王萌去意，为丞临海亦雄才。

诗书归去
弓箭天真

竹樂院書

山老区扶贫口号

一

小村寒未醒，
残叶旧茅亭。
昨夜惊霜白，
林深嫩笋青。

二

霜叶落时秋气雄，
农家絮语却春风。
门前新种千行绿，
金杏明年满树红。

三

秦垟村遇白头翁，
锄雨耕云林野中。
山下新闻频诘问，
城乡养老几时同？

四

雾满空山土路长，
南平村里过重阳。
打柴翁妪鬓双白，
好个天寒野菊霜。

五

小村饮泣滞愁云，
自毁家园戮六亲①。
酸起心田频拭泪，
阳光应照底层人。

【注】

① 2007年春节人们还在新春的喜庆中，大荆镇安山区一男子纵
　　火焚烧自家住房，杀死母亲，砍伤妻子后自杀。

春日，与乐清诗友作客张庄①

一

山上青山林上林，
桃花三月觅知音。
一年未到张庄路，
步入春风又几寻？

二

诗以桃花带雨题，
绿簑紫伞翠微西。
美人爱在青山转，
历历芙川林外低。

【注】

① 张庄在乐清岭底，为革命老区。1945 年间被国民党兵烧劫一空，仅剩半间祠堂。现为乐清市新农村建设之典型，其子弟多在京城经商。

三

才子风流林下居，
诗之好矣酒之余。
青山妩媚桃源近，
不怨无鱼不怨车。

灵山秋行①

一

雨收风止几轻烟，
款款行来步泰然。
应是秋光存意远，
凝和淡定比春妍。

二

九曲清溪绝壑开，
长风动水瀑飞来。
何期腾跃出山日，
直向龙门迸电雷。

【注】
① 灵山在北雁荡山与中雁荡山之间，有"溪桥鸣碧水，岭树挂飞云"之说。

与白石诸友
游龙潭寄袁国唐先生

一

岁月轻舟载不动，
流光每寸重千斤。
家山故事生龙虎，
才步青烟又踏云。

二

野径人稀草木深，
嫣红浅绿绝无尘。
谁能山水随心走，
不负苍生不负神。

三

山脊羊肠雾半腰，
与君临水立清霄。
拔营连地残冬远，
痛饮新春第一瓢。

《浙南赵氏》即行出版有赋

默念陈寅恪先生之"华夏民族之文化，历数千载之演进，而造极于赵宋之世。后渐衰微，终必复振。"不禁怆然，夜难成眠

临安迁徙史重看，
小半春温大半寒。
恐怖汴梁天日落，
凄惶孤屿阵旗残。
于穷途处惊泥马，
到国破时拼海山。
一脉箫台成故里，
西山香火九天还。

调楼兄

苗苗来电，说其父拔牙后，嘴肿似浮，拉二胡，专挑"哭灵"一曲。

一

凭伊箪食又壶浆，
齿上留香回味长。
非是怡红湘女怨，
哭灵一曲为牙殇。

二

冷汗惊风齿落时，
城门失守洞开之。
满园春色关不住，
长袖难遮阙在斯。

大山龟放生记，
与周建、旭阳、建明等

火签押解迢迢路，
四脚浮空泪眼光。
挖地人高魔一丈，
通天河布网千张。
江湖凶险逃能否？
釜镬扬汤沸已狂。
天不灭曹卿且去，
从兹劝尔往深藏。

旅次俄罗斯、乌克兰

奥斯特洛夫斯基故居

小松林外老寒风，
铁血当年篝火红。
第聂伯河流日夜，
弥天飞雪吊英雄。

彼得堡要塞

涅瓦冰封雪欲狂，
列宁拜罢遇沙皇。
老头矍铄风神在，
才出冬宫白玉堂。

酬中国驻敖德萨总领事程定生先生招饮^①

酒过三巡称故人，
雪中黑海共龙吟。
清游我说雁山好，
细雨和风花满襟。

【注】

① 敖德萨是乌克兰最美丽的城市之一，人称"通向黑海的窗口"。
  始建于古希腊，形成于叶卡捷琳娜二世。

庚辰（2010）年三月，谒夏承焘先生墓①

一

千丈云封土一丘，

诗魂化入雁山秋。

孤茔今日花无数，

为报先生源有头。

二

东邻梅桩入诗频，

风骨风流共比青。

回首展旗天柱月，

龙湫脉脉水澄明。

【注】

① 夏承焘（1900-1986），著名词学家，字瞿禅，晚年改字瞿髯，别号梦栩生，逝后部分骨灰埋在雁荡灵岩。

三

半帘冷月冰轮小，
十万杜鹃一夜红。
似乞禅翁重出句，
蓬山虽隔梦相通。

应邀在北京大学演讲，尔后作燕园一游，与晓炬、海泽、旭阳、益丰、建明等

一

未名湖畔燕归迟，
柳絮无心落凤池。
误入红楼吾岂敢，
休言演讲老忘辞。

二

时光如可倒来过，
读尽奇书五马驮。
知此念头同梦话，
人无梦话好使么？

三

生不逢时修地球，
但凭绮梦入红楼。
红楼今日我为客，
一日抚平半世愁。

柳市"90"打假十五周年三题①

一

风萧萧矣雨波波，

在劫难逃假冒窝。

一纸红头光万丈，

半街电器罪千多。

摸瓜歪论烘烘臭②。

开口小心细细磨。

有感烂田翻石臼，

鸡绳子立好过么？

【注】

① 柳市"90"打假是温州发展史上的一个重大事件。当年国办
〔1990〕29号文件即"关于打击整治温州柳市地区假冒伪
劣低压电器产品的通知"下发，并派出了由国家七个部局组
成的工作组进驻乐清。作者时任柳市镇党委书记，旋被调离。

② 作者此前曾有"企业如瓜，不可乱摸"之说。

二

入大漩涡人渺茫，
无眠夜夜独孤航。
千年望断黄金屋，
一代风追白玉堂。
求以孜孜堪大乐，
报之戚戚亦无妨。
神奇地上神创造，
飞出涅槃之凤凰。

三

令出京门檄羽驰，
活关死局概无知。
朝闻报道全军覆，
夕辩强辞满口痴。
久已同情资本耳，
岂能任意苟听之。
凭谁进退方方好，
一页翻过悟未迟。

黄则顺退休宴上逢蒋斐超、杨式林等忆 1986 年三山旧事，感而有记[1]

西岑小港曲还弯，
辅永船舱泪暗潸[2]。
一闸横河平海水，
三更避险卧柴关。
莲池徒有莲花说，
王店尚无王者还[3]。
口许奖金羞启齿，
乡村甫起担如山。

【注】

[1] 三山乡在瓯江北岸，七里港以西。内河水网尤为发达，二十世纪 80 年代，以电子接插件生产闻名。1986—1989 年，作者时任该乡党委书记。

[2] 辅永，黄姓，新中国成立初入党。1986 年在整党教育中被规劝退党，离开会场我送他时，老泪纵横，此情此景记忆深刻。

[3] 西岑、小港、莲池、王店等均为三山乡地名。

谢虞定良兄赠《珠穆朗玛》木雕①

烟雨江南水墨多，
清灵谁比雁山阿。
匠心独具雄豪气，
引我珠峰日夜过。

【注】

① 虞定良，乐清人，出身黄杨木雕世家，国家工艺美术大师。

胡世新先生
《笑傲人生》付梓并嘱我题签①

不是天仙亦地仙，

八旬心若老青年。

梨园歌板云霄落，

岁月荣光赤胆悬。

悟得长诗短句妙，

调和六律五音圆。

我将左氏与公比②，

一点心香题旧笺。

【注】

① 胡世新先生，乐清城关人，中学校长退休。年48岁时，双眼
　失明。老人乐观豁达，意志顽强，70岁开始学琴，78岁学诗，
　创办小梨园剧社，中央电视台为之作专题报道。2011年出版
　《笑傲人生》。

② 左氏，指左丘明，春秋时史学家，双目失明，相传著《左传》
　和《国语》。

黑龙江行吟

初到漠河

一段江分两国界，

八仙桌坐十三人。

栏栅小院孤松直，

先为边陲饮一巡。

宿五大连池，夜读《中国知青回忆录》

立马平川天暗迟，

绿芽初上白杨枝。

荒烟雪埋知青泪，

冷雨人愁恶梦时。

黑石头翻千尺浪，

坏情绪盖五连池。

悲凉道道挥难去，
苦旅寒声成是诗。

过牡丹江，是夜重读《林海雪原》①

风雨雪花开白薇，
万千梦想望旌旗。
英雄九死峰头立，
美女双橇原上飞。
威虎山擒雕落草，
庆功酒举日生晖。
时光逝驹鬓初白，
重读犹新知未违。

【注】

① 《林海雪原》是一部描写 1946 年冬中国东北地区剿匪的长篇
小说，作者曲波。后分别被改编成电影和电视剧。

2012 年 1 月 7 日晚赴京参加
"中国地方政府创新奖"颁奖，下机时有雪

舱外停看灯万家，

飞航夜半抵京华。

龙年毕竟澄明象，

迎面飘飘雪作花。

2012年1月9日《人民日报》发表关于"三禾"的通讯，寄亚平兄①

生花梦笔说三禾②，

便觉萧台故事多。

白鹤还乡春消息，

金溪种竹绿婆娑③。

与谁闲话农桑乐，

不负家山子晋过④。

地上流云天上水，

乐乎乐矣歌复歌。

【注】

① 袁亚平，《人民日报》驻浙江记者站副站长，"三禾"通讯的作者。

② "三禾"见"游学太湖大学堂"。萧台见"浪淘沙·禁毒"

③ 金溪种竹，出自张文君之传说。东晋乐清名士张文君种苦竹千顷，隐居其间而修炼得道。

④ 子晋见"乐中六十五周年校庆"。

2012年4月2日因肝囊肿穿刺手术口占

人脱寒衣树未丫，
京城不寐夜吹沙。
姑娘最美灯无影①，
四日清明可到家。

【注】

① 术前，与麻醉师调侃。高教授说技术咱最老道，护士为全协
　　和最美。

术后小养久未去雁荡戏吟

雁峰百二语低徊，
年后使君还未来。
烟景虽当三月好，
故人小恙且停杯。

贺张夫子炳勋先生
荣膺浙江省文史馆馆员

入秋绿肥也红瘦，

今夜箫台月姓张。

陋巷安贫君子道，

天怜幽草偏情长。

乡关旧事怀馨笔①，

杂俎钩沉天下夸。

世间直需谦谦士，

夫子古稀一朵花。

君以清名入青史，

我为君干千万觞。

卢生以降，

几人梦里有黄粱。

【注】

① 张先生书斋名曰"怀馨阁"，著有《怀馨阁杂俎》一书。

雁荡能仁寺访了法法师
并参观其书画展

飘飘仙袂水云间，
燕尾飞泉古刹还。
初识山门兰馥地，
闻香已半入禅关。

挽南怀瑾先生

公元 2012 年 9 月 29 日， 农历八月十四即壬辰中秋节前一日下午 5 时，接太湖大学堂讣讯，南怀瑾先生于一小时前走了。是夜，一轮满月，清辉世界，辗转翻侧，歌以哭之。

东海月生兮，
照我窗前。
苍凉霜白兮，
顿失温润。
时逢团圆兮，
天缺一角。
先生名重兮，
乡梓荣光。
承蒙垂青兮，
我生有幸。
雁山肃穆兮，
箫台声咽。
飨以中秋兮，
神话传世。

壬辰中秋夜太湖大学堂
送别南怀瑾先生

一

萧萧秋影落江村，

渔火寥寥夜色昏。

堤外芦花枫叶下，

吞声忍泣怕惊魂。

二

太湖水静泪横飞，

还望先生故里归。

九十多年家国梦，

井虹一脉尚依依①。

【注】

① 井虹有寺，为南师少年读书之地。

癸巳夏高温，
中镇诗社马斗全先生、熊东遨周燕婷夫妇过雁荡，
感叹龙湫不见了，即时即景打油一律

满城汤煮地桑拿，

汗洒江南万束花。

有客诗成吟未歇，

此时日午照无邪。

昔惊磅礴龙湫水，

今若游丝绿豆芽。

都说台风登陆狠，

只因久旱又思他。

湖州三日行遇陈建克、潘海平

一

轻车趁晚向吴行，
水口芳林别有情。
得意平生山水阔，
他乡偏遇故乡人。

二

昨晚海平家里宿，
山溪一曲一黄昏。
窗前新笋逢新雨，
领得春闲窗内温。

三

竹海长林日出时，
渐开曙色舞金枝。
房东赠我紫藤老，
相约重来杖敲诗。

游中雁赠熊东遨兄

山过悬关路转深，
且行且赏且长吟。
雁因我到盘旋至，
诗借遨游逐字斟。
半岭重来将进酒，
石门难锁自由心^①。
问山谁乃秋知己，
红叶归根仍赤忱。

【注】
① 半岭、石门皆西潋景点

晋西北行

一、谒元好问墓

秋风勒马拜遗山，
四顾霜花艳若丹。
野蔓有情萦战骨^①，
终因爱字地天宽。

二、过忻口古战场

万壑峰头晚照红，
清游却忆旧狼峰。
无端欲向天公泣，
但薄财奴厚鬼雄。

【注】
① 元好问句。

三、访悬空村

千寻壁上向空悬，
黄老难修亦半仙。
只是盘纡离地远，
不堪霜气拂炊烟。

四、夜宿雁门关

夜半秋云散若无，
风流人物古今殊②。
英雄走动城墙上，
雪色弓刀始丈夫。

【注】

② 聂绀弩句。

五、读《后汉书·南匈奴传》昭君和番一节

情殇但为一时和，
大国红颜可止戈。
马卸征鞍人解甲，
荒烟飞雪几辕过。

六、老牛湾留诗

都说奔腾铁嶂穿，
狂澜万丈裹云烟。
此番偏爱清秋色，
荒土斜阳红叶天。

七、访杨家祠堂途中小记③

诗人跃上拖拉机，
冲破高粱一片齐。
如此轩昂违已久，
天波府上粉丝迷。

【注】

③ 杨家祠堂在代县的鹿蹄涧村，为纪念宋代著名将领杨业父子
而修建。我们去时，大巴进不了村，大家坐着手扶拖拉机进去。

2014 年国庆长假整理诗稿自嘲

忆昔山中曾打柴，
刀过放倒一排排。
管他乱草青枝曲，
只要能烧便是材。

时在秋末冬初，
由芙蓉经梅雨潭上雁湖岗，
和东遨兄"重阳过后补登高"

一

大雁经秋又一遭，
芙蓉道上秀时髦。
昨宵雨骤山僧懒，
小径烟浮野菊骚。
东海奔来同望远，
重阳过后补登高。
回眸望去云随后，
风卷丹霞照碧涛。

二

重阳过后补登高，
能到最高才气豪。
百仞主峰千里眼，
三秋空谷九天韶。
我因日近和云卧，
雁识形孤结伴翱。
山外苍茫东海水，
浪头千尺走滔滔。

大园山梨花盛开与徐云峰、金明雪

花开晴日好时光，
一入梨园春亮堂。
雪色霜清疑北国，
乡愁情怯上东冈。
心因轻快山都活，
蝶或殷勤影也忙。
劝读濠梁庄子辩，
敢言物我两相忘。

老家赏桂

名花嘉木四时看，
夏日红莲冬里兰。
一刮金风秋桂子，
天明小院尽丹丹。

夜宿雁荡寄中镇马斗全社长

马首案头曾记之，
开春相约半年期。
眼前应挂龙湫水，
草起轻烟雾裹诗。

过雁荡沙门岛寄魏新河①

秋到谁来同把酒，
天传大雁二三声。
四围山静尘无染，
一树花香桂有情。
君会巡天风万转，
我能踏浪海千倾。
潮平景像波波细，
缓缓流方慢慢行。

【注】
① 魏新河系空军特级飞行员。

甲午七夕于梅溪草堂①

坐听蝉鸣近立秋，
读诗日子忆从头。
梅溪九曲梅荫绿，
许我归来梅下游。

【注】

① 梅溪草堂位于乐清市淡溪镇梅溪村，2012 年为纪念南宋状元

王十朋诞辰 900 周年重建。

甲午七夕
熊东遨、周燕婷、魏新河枉顾

能不开怀饮几杯？

翩然南北美人来。

孔明灯挂星光下，

抱醉扶归才上才。

受命治水答友人

头角磨平剩胆肝，
为荣以苦笑颜看。
三更造饭霜初重，
百里清淤令尚寒。
拿下艰难冬甲午，
调和日夜月平安。
但能了此心中结，
碧水还乡好挂冠。

与乐清诗社诸子重阳登玉甑峰，
用杜甫九日蓝田韵

山高还得为怀宽，
上也开心下也欢。
笔底阳春歌白雪，
眼前野菊戴黄冠。
拜金人捧新星热，
窥史我怜老杜寒。
应识登攀真趣味，
一峰南北两番看。

成都金堂拜访蔡淑萍大姐，语与车上诸子

旧忆如珍又若珠，
雁山握别已模糊。
徐趋二字真温暖[①]，
暖可三春知也乎？

【注】

① "徐趋"见《战国策·赵策》

逢中镇诗社十二周年庆，和斗全兄

雁门握别又经年，
首忆龙湫初结缘。
大话环游随梦遍，
小诗勤报差风传。
人能舞墨研朱者，
谁不痴心惊世篇。
看惯骚坛多自负，
从来翘楚仗双肩。

甲午闰重阳，旅次甘肃，寄友人

一年两度遇重阳，
帘卷西风过异乡。
嘉峪晚秋初白雪，
玉门故事旧文章。
荒沙吹笛谁曾怨，
祁水无痕史有伤。
多少愁怀多少痛，
沧桑底色是寒霜。

甲午初冬，
京城喜晤马斗全、于仲珩、
魏新河诸诗友于赵章光先生席上，和斗全兄

春约京华冬把酒，

今行新令伴寒梅。

诗因风骨分三品，

我为清吟干满杯。

不到长城非好汉①，

常来雁荡是奇才。

龙湫水自高天半，

洗尽红尘万丈埃。

【注】

① 引自毛泽东《清平乐·六盘山》。

天寒，窗外白鹭成群戏题

当窗景色异从前，
白鹭飞来新结缘。
蹈且歌兮凭翼美，
心之梦也借风旋。
为谁伫立为谁舞，
也可凡尘也可仙。
料是河清重有日，
先将消息报人传。

"雁山论坛"演讲毕，
与三禾诸子雨中漫步中雁

我入青山一帽斜，
青山因我笑言哈。
清扬说罢千秋事①，
偕子山中雨也花。

沿溪同把水清夸，
偕子山中雨也花。
飞瀑涓流区有别，
无拘无束总无差。

偕子山中雨也花，
甄阳居里且烹茶。
桃源总在心深处，
漫道先生五柳斜。

【注】
① 乐清的"雁山论坛"已逾十年，2015年5月22日邀余作"乐音清扬来"专题演讲。

中庄清凉寺五日赠月成和尚

偶见飘零秋落叶，
天书难得读从容。
一僧一俗了无事，
日上三竿不撞钟。

治水周年小记

朝巡玉溪河，
夕访埭川下。
朝夕不能忘，
碧水重泱泱。

后　记

　　但凡我这个年龄段的人，身上都有些诗的情愫，虽不一定会写，但一般都喜欢。我可能多一些，在心的深处隐藏着一个诗的梦。一直到 2003 年夏日某天的下午，在宣告乐清市抗"非典"胜利结束的当日，两个多月的紧张、喧闹没了，提着的心安稳了，心里边抑止不住的生出一种莫名的要表达和释放的冲动，而这可能就非诗莫属了。于是便有了《写给在抗"非典"一线的朋友》这我平生的第一首诗。

　　关于诗的理解，我坚持认为古人有好诗词，今人也有好诗词。好诗词贵在它是心灵的表达，它是闪耀着灵魂的光芒的。同时我也认为，无论这世界如何变化，诗词阳春白雪的高贵品质和端庄皎好的容颜不能变。为此，我是怀着对诗词的敬畏之心和为之守正出新的态度，去对待自己的作品。

　　乐清素称王子晋吹箫之地，张文君入竹之乡。七山一水二分地，就注定这是个不寻常的地方。

生在斯长在斯，我对脚下的土地充满着深厚且真挚的爱，一山一水、一草一木都可扯动我的神经。我把这情这爱写进了诗里，并予以结集出版，最希望的是它能化为一缕淡淡的乡愁，给我亲爱的读者留下些记忆。

感谢钱志熙教授，他给我写了序，加深了我们的乡谊和友情。也感谢我的工作助手蒋益丰和打字员黄冬丽、郑旭芬，我稿子改得越多，他们也少不了跟着事多一些。

赵乐强

二〇一六年元旦